燕赵秀林丛书·文学

# 避雨记

裴福刚 著

河北出版传媒集团
河北教育出版社

# 裴福刚

满族，河北宽城人，鲁迅文学院第
二十七期少数民族文学创作培训班学
员。诗作入选河北文学榜 2022 年诗
歌榜。作品发表于《诗刊》《民族文
学》《诗选刊》《诗歌月刊》《草堂》
等期刊，或收入多种文学选本，著有
诗集、随笔集、长篇报告文学等多部。

燕赵秀林丛书·文学

# 序言

　　人才兴则事业兴、人才强则国家强，人是事业发展最关键的因素。文艺事业要实现繁荣发展，就必须培养人才、发现人才、珍惜人才、凝聚人才，培育造就大批德艺双馨的文学艺术家和规模宏大的文化文艺人才队伍，构建出成果和出人才相结合的工作格局。

　　为了进一步推动文艺人才培养和队伍建设，打造一支德艺双馨的文艺冀军，河北省坚持以习近平文化思想为指导，组织实施了文艺名家推出工程、中青年文艺人才"秀林计划"、文艺后备人才"春苗行动"、文艺名家情系河北"故乡创作计划"，构建起文艺人才培养的四梁八柱，形成了老中青梯次衔接、省内外交相辉映的文艺人才格局。在各界共同努力下，河北的文艺人才如雨后春笋般不断涌现，全省文艺事业呈现出蓬勃发展的繁荣景象。

　　作为中青年文艺人才"秀林计划"的重要内容，省委宣传部会同省文联、省作协开展了"燕赵秀林丛书"的编辑出版工作，将按照"一人一书"或者"一类一书"

的原则，为我省优秀中青年人才出版代表性作品，并配套开展作品研讨、专场演出、展览展示和媒体宣传等活动，形成文艺人才培养、宣传、使用一体化格局，努力推动更多优秀中青年人才脱颖而出，在新时代的文艺道路上挑大梁、当主角。首批图书，将为11位青年作家各出版一部文学作品选集，并从戏剧、音乐、美术、曲艺、舞蹈、民间文艺、摄影、书法、杂技、影视、文艺评论等11个艺术门类中各遴选中青年艺术家代表，分别出版一部优秀作品合集。

青年是事业的未来。只有青年文艺工作者强起来，文艺事业才能形成长江后浪推前浪的生动局面。希望此次入选的中青年优秀人才，能以出版"燕赵秀林丛书"为新的起点，再接再厉、接续奋斗，立足河北丰厚的历史文化资源，聚焦中国式现代化在河北可视可感可行的火热实践，创作推出更多充满时代气息、具有河北特色的精品力作。也希望全省的作家、艺术家们，既秉持学习前人的礼敬之心，更树立超越前人的竞胜之心，增强自我突破的勇气，迈向更加广阔的创作天地，努力攀登新时代文艺新高峰！

丛书编委会

2024年9月

# 目录

第二辑　耳鸣者

## 第三辑　东北街 12 号

目录

# 第一辑
## 月亮的来信

## 避雨记

某个下午迷失在北中国的辽阔中
一间咖啡馆里，穿灰色长裙的女子坐在其中
她低头读马尔克斯的惶恐
表情严肃，完全不顾冷暖峰交汇的街头
那些湿漉漉的排比句
直到其中一页折有旧痕，倒立起闪电和熙攘的人群
她忽然喃喃自语，并抬头望向窗外
"马孔多小镇的雨水正从书页间溢出来"

落日时分的咖啡馆是安静的
看不出谁曾在此掩面痛哭

# 梧桐树下

下雨了

丝线串起灯光的幕帘

钢琴师起身，打了个哈欠

未完成的 C 大调正朝窗外走去

看消瘦的机车少年如何

收拢飞翔的能力

跑过积水的少女瞬间长出闪亮的足尖

下雨了，大地裸露着骄傲的腹部

偌大的天空那么神秘

只有无数雨水是肤浅的

它们只身穿过巨大的梧桐树冠

落入牛眼和嘈杂，而我

自以为是的诗人，夹在等公交的队伍里

也将荒废一个湿漉漉的傍晚

## 扁桃树

在洪水汹涌注入远处的荒村而没有回响时
树下是静默的。只有花翅膀的蝴蝶
围着穿短裤和黄色条纹衬衫的女人在飞

女人来自整日不见阳光的装满羊皮纸手稿的屋子
她带来腐烂的气息，与泥土不同的是
她身上笼罩着未被破译的密码
和被蜥蜴吃掉的一个个亲人的姓名

"每个人都不一样"，她像往常一样
又重新对着空无一人的世界复述了一遍
"老死，疯掉，淹死，枪毙，自杀，升天，离家出走"
她仿佛断了执念。蝴蝶落在肩膀上

牛至花拂过灯芯绒的鞋子，几颗青涩的扁桃
被风吹落，有可能被她看成是念珠
她有可能重新热爱

第一辑　月亮的来信

# 丛林深处

如果落木不能自省，苍生此刻
就是一地金黄的碎屑

大林姬鼠擎着脖子
缘木求鱼的本领出自失传的口诀

砍柴人落寂，发呆的斧头上露水滚动
一任庖丁解牛的技艺在秋风中冷却

那些足音如何辨别？所谓命运
不过是掩耳后的落雪

青山削发，光着佛珠一样的头顶
为尼，为僧，都将是崭新的一天

# 开花

梅花开了
老虎并不理睬
大风雪中它依旧是王

它拥有梅花一样的脚印
白茫茫的宫殿
四下里静谧的江山

一朵花开了，美学就此诞生
大地空白，老虎被一长串绽放拖进密林

愿花开不败，愿你们都是永生的一部分
除了我。我宁愿是别的，比如梅花

# 月亮的来信

皎洁的字迹，我看到回巢的鸽群
盘旋着掠过低矮的居民楼

你置身窗前，偶尔通过口琴的深孔
赞美灯盏，厨房，被月光涂抹的山河

远处的江水，马路上急匆匆的肉身
都拥有同一个浪漫主义的名字

一张白纸上，万物举着空杯子
你拖着笔下的彗尾对着老朋友微笑

"见字如晤"，我坐在靠墙的梯子上
阅读你灼热而有所指的心跳

——我接受你来自空中的轻抚
并等待词语间因折叠而剥落的虚无

# 领地

他来过中国。棕色日记本遗落在海关
一首诗对单薄的领地进行了复述

一百年前，我们尚未出生
弯曲的句子，还在去往未来的途中

刚出土的文物等待光明，而归属似乎遥远
马蹄铁比历史的绢帛更易碎

他写，风暴藏在黑暗里
不经意间，一颗头颅就落入城边的池塘

钟楼上站满了空空的时间
嘶哑的呼喊像极了煤油灯的晃动

那些占领和重估，有的变成了石头
有的至今还飘在天上

## 晚安，蚂蚁先生

我要先对你说声抱歉，蚂蚁先生
整日的雨水静静地打湿了整片杜鹃林
来不及收走的衣物陷在水滴里

真的抱歉，粮食还在废墟上生长
我未能替你在晚霞落下之前
储足一生的疲惫和叹息

我一度虚构了自己的欢愉，抱歉
我比不上袋鼠和豹子的心跳
更没有你寄予我的来自树顶的风声

只能说声晚安了，这最平淡的问候
连同洞穴家族，樟树先生和湖水小姐
共赴一场难以辨别前程的晚宴

连同高山，原野，千里之外的风尘
连同还在下着的雨水
一起走向新的未知

# 归去来兮辞

木门再一次翕动，秋风温凉
几声蝉鸣被田园耗空
捣衣人已搁笔许久，不再迷信
句式中简短的问候
她在深夜里失神，用双手接驳
棉絮和半爿月光。那些隐去
或走失的部分，长出金属一样的嗓子
每一声轻唤，都是泪水跳动
像布帛上躺着的叹词

# 窗外

从三楼向外看，所有的流动
都是矜持的
树干小幅度摇摆，红裙子缓步
移过斑马线，流浪狗靠近垃圾桶
混浊的眼球，像我在一首诗中
不合时宜的引用
"而诗人，是永远坐北朝南的东西"
它抬头望了一眼太阳，好像有所隐喻
我也期待被照耀：一束谦卑的光
穿透我胸中的繁芜
并从凝固的笔迹中，获得短暂的永恒

## 几瓣柑橘

安静地躲在角落里，被遗忘
也是存在的一种

而美德并非冒犯
不遇其主才是我们共同的敌人

把手伸向你的那一刻
还是不由自主地迟疑了一下

你来自后皇嘉树吗？
你也曾横而不流吗？

有些恍惚，仿佛一个楚国诗人
在汨罗江畔，走走停停

# 第二天

拉开素色天鹅绒窗帘，底部的流苏
像昨天一样迅速收拢，并又一次
轻拂过脚面。她由此确定
昨天已彻底过去了，永不再回来
不同的是，她没有出门的打算
她忧伤地来回踱步，叹息
"谁是留下的，谁是被带走的？"
质问来自透明的清晨，而她年轻的丈夫
依然酣睡在梦境里
但她一夜未眠，她的眼圈明显黑了
这曾经是她绝对不允许发生的
她不洗漱，也不再化妆
整个屋子只有两个人的时候
她得了自言自语的病。不可抗拒的病
在某一次折返时，会让时间愣住
微弱的光线扫过婚纱照的一瞬
也正好切开黑白遗像里那张熟悉的脸

# 伐檀

要略通兽语，以躲避北风和陷阱
要屈膝问路，山神隐身于针叶林间

这些删繁就简的高手，如何理解毁弃
伐檀即放树，一把油锯切开生存的冰点

没人记得《诗经》里的石斧遗落何处
木屑如大雪，催促一群弯腰的人继续变老

直到遇见一棵足够大的树，可以容纳
一个人的睡眠和淤积的病灶

那些香气和再次生长，成为最后的倔强
在春天，大地抵抗什么，它就送来什么

## 坝上行

越来越开阔，越来越寂寥
仿佛神灵在天地间布展
云朵之上，处处钉着戒律

秋风缓慢，河流无声
它们是我与篝火和星空
重逢的密道。巨大的松林响着涛声
而其间的小径则遍布玄想
这耳畔的瀑布，是谁从内心里喊出？

喊前世的擦肩而过，喊骏马
花海，草原，喊星罗棋布的湖水
直到旌旗、弓箭和沧海
化为乌有，整个坝子
就成了索居于世外的火焰

现在，我蛰伏于林间
它们又开始喊我的名字——
下有众生揖手，上有星光照拂
我身后的旅人
都变成了温暖的琥珀和灯

# 黄金时代

深秋的白杨林骨架松散
某些暗物质可能正在撤离

作为结局的一种，被遗落的果实
自诩为圣物，替落叶收拢游荡的心

辽阔的大地彻底拉开了窗帘
太阳慵懒，向我们伸出金黄的手指

是时候了，我们储备井水，粮食
以及适量的灯油

在假面舞会停止以后
我们依然可以沉浸在虚幻的光里

# 夜色中的河流

树影下的长裙如此隐秘
是这个夜晚的一部分


波光闪烁，来自眼前平静的水面
——我喜欢永恒中的某些瞬间


比如微风，与河岸有闪电的契约
比如爱，只是某一次突然加速的心跳

# 割草机

它用低吼声把我惊醒，并一下
撕开清晨。朝阳临窗
天蓝色床单上，睡梦几经折叠
尚未结束的杀伐，或阴谋，或挽歌
隐在其间
这无形的刀斧，如入无人之境
如同草坪上毫无节奏的进攻和呼喊

而我尚未完全苏醒
还不知道怎样开始这新的一天
我始终没有开口——
我接受这锯齿状的早晨
和内心里一万次失败的倒戈

多么危险，绿色植被的沉默里
隐藏着自我按捺
多么危险，在清淡的早餐做好之前
我手中的剃须刀已忍不住低低地轰鸣
我知道，一只小兽已来到我的唇边

# 书房半日

关上门，仿佛自断去路

一个人上梁山，下水泊

在白纸上写惊雷，竖杏黄大旗

然后把它砍倒

一个人枯坐，不读书，只念经

不渡人，只顾自己出边塞，折杨柳

在古道西风里越走越远

越走越慢，彷徨，哀欢

原谅这个胆小的人吧

他有十万卷红尘，可供哭笑

他有十万亩净土

可容自己藏身

# 夕阳的去处

傍晚时分，我在一本旧诗集中抽身

看模糊的山峦被夕阳涂抹

微光，薄薄的一层

我几乎要望穿了惶惑不安的眼睛

放空的心，跳出一匹枣红色的骏马

奔跑在秋天明亮的遗址上

我理解了视觉的创造，突出的部分

将指向某种印象派的勾描

而掩卷后，同时抽身的落寂

也来自燃烧的焰火——

一匹马高耸的渐渐隐去的闪亮的脊背

# 大鱼

一小点风浪都没留下
倒扣的结尾里，总有几行旧消息

弓腰的老人模糊了前世
大片的海水正在抹去闪亮的足迹

遥远的三角洲对应着某次回忆
那些年总有大鱼被钓进黑洞洞的船舱

所以腐烂是必要的，作为殉难的诱饵
一具干尸原地发呆，等待有人登门认领

它不知道，广阔在磨痕里诞生
一艘废弃的木船，多像一个穷人的孩子

# 103 宿舍

那几年，我们故意
让时光机器疯转
除了有限的成长，
我们总是
一无所获，还是刚刚进来的样子
谁都觉察不到流逝，精密的心脏
有涉水的可能，任凭养虎为患的陋习
侵蚀一群在囚牢中
束手无策的狂人
剥漆的浅绿色墙围纵容我们
喝玻璃瓶啤酒，抽廉价香烟，对着床铺
以外的任何黑暗和空无用力吐痰
仿佛那是必须抛弃的
我还记起理想主义者的早餐
馒头渣散落在
梵高的向日葵上
外省的口音总带有饥饿的快感
把中分或光头当作偏执的美
把高度近视看成玄学本身，替我们道出
对弗洛伊德的另一种理解

而我，深陷在普希金的大海中
那些比喻和象征的光芒
我希望打开门就是太平洋，就是
看不见的远方——
在门锁转动的刹那，我希望它
义无反顾地向我涌来

## 怯之恶

"为什么我爸爸的头挂在城门楼上？"
一个孩子在现代史中天真地发问

仿佛鱼虾突然跃出死水
多么平静的脸，都有颤抖的可能

我在傍晚时分偶然读到大帅发怒
天空忽然乌云翻滚，漆黑说来就来了

紧接着大雨倾盆，面对铺天盖地的追问
玻璃窗内的我又能回答些什么？

## 生活

人海汹涌，害怕找不到自己
而急流如故，带有泥沙俱下的惶恐

我的偏头痛由来已久
问遍群山，均答无药可医

偏安市井一隅，食粗米，穿布衣
我已学会自我驱逐的生存术

不过是小心翼翼地随波逐流
一滴水，裹挟了多少隐身之难

# 余晖里

我不确定它绸缎般的手
会伸向哪里。一个失明的老人
何时接替它继续抚摸，继续
用绝伦的笔墨草拟遗世的信札

我不确定谁的身上将落满枯花瓣
夜明砂。耳朵里的水滴用来
啜饮和击穿，有鼓声来回往复
不断敲打一副空骨架

我不确定一场天机是否就此收场
帷幕如此盛大
我无力揭开，也无法破译

# 枯草颂

原野空空，唱歌的人走远了
喉咙里的余音窸窸窣窣
没有停下来的意思
像大病过后等待恢复血色的脸
两个月前的大雪正在隐匿
伴着走远的歌声，无声息地遁入
阳光里。阳光照了那么久
照着唱歌的人反剪着双手在走
照着一大片枯草，抬起倒伏的头颅
要把大地拖进浩渺的云间

## 秋雨无边

梦里，生活给予我们的优待
现实中可能是一只老虎
浑身密布乌云


自己的深山，可以虚构出一万条小径
容纳历法，花期和甲壳虫的粪便
但想起白蜡木，猎户星座，无数次
真诚而失败的赋形
水汽就会挂上半开的百叶窗


多么动人的一幕：秋雨细碎，空旷
像我们漫长的一生

## 我希望

我希望暴徒拥有完整的四肢
刽子手眼中流出母性的光芒

我希望代表荣誉的鲜花也献给流浪
流浪的队伍中出现更多的爱和包容

寒冷中奔跑的人胸怀滚烫的意志
造谣者的晚年重新长出簇新的牙齿

不知道遍布生活的黑洞
还要吞噬多少谷粟和恒星

希望每一次消亡都体现及物的本质
像一首支离破碎的诗找到了存在的意义

# 林间

一束光和一片光的区别
可以理解为林荫路和一条大道的不同
密密麻麻的针尖，一根一根穿下来
替代脚下松针的锋利与干枯

松鼠有时远离，如同逃遁
没被找到的松果，仍旧保持最初生发的样子
未燃尽的木柴上，蛛网沉默

应该这样，雨水刚刚冲刷朝天的枝丫
尖锐之物在此处空悬着内心
野芦荟捧出秋日的恩泽

前人已经走远了，我放下所有顾虑
我敢于指认木鱼的前世
一束阳光细细地照着，穿透薄命的叶片
并一再敲打我身后旷古的足音

## 万事空

从噩梦中醒来，一身无辜的冷汗
我的空荡对深夜已毫无保留

这无异于是在强调：一个幸存的人
心里住着数不尽的鬼魅

我试图理解一场风暴
怎样用旋转剥夺黑墙壁的语言

我甚至希望此刻是多余的，是混乱的记忆
替我把错觉延伸到眼前

并继续打开想象，用后半夜的漫长
一点点"将我们的名字覆盖"①

① 引自美国诗人艾米莉·狄金森诗句。

## 翠鸟

我们在岸边小声谈论幻像
上帝的眼里，谁不会最终消逝？
看不见岸的地方，宇宙仍然存在吗？

我们只顾谈论着，并未注意
一只翠鸟正站在残荷上看着我们

看着不被祝福的我们怎样把鼻子撞烂
看着一条缓慢的流水，怎样被
时间的长喙，轻轻衔到空中

# 头羊

当草场南移，石头占据毡房的位置
当乌云逐水而居
牧羊人披着雨雾走进新的一天

骏马和号子，将打破恍惚的江山
妻儿和彩虹，继续补缀绵密的光阴
此时，他率领壮观的尘世进入孤独的自述史

——如此胆怯的一只田鼠
不得不胸怀豹子的心脏

# 独钓

孤独的事物漫天遍野
微粒之无形，在于遮蔽，或掩埋

某些秘密的融化，凭一己之力
可以洞开天地间的纵横

而蓑笠裸露出斑驳的瘦骨
没人预料，一身羽毛何时蜕变为鳞片

冰面上的裂缝巨大而美丽
它赞美命运的斑驳，和揭竿者的勇气

还要忍耐，白雪按住草籽，等待野火
燃尽一个人卑微的江河

## 未寄出的回信

"时钟停止了摆动
日历纸仍停留在星期三"
——读完你信札的第一行后
我在日记本上随手写下这两句话
算是回答
然后关门，一个人进入深山
我能想到，白纸黑字是你的国度和四季
你一直喜欢赘述
虞美人，秋海棠，扁桃树，蓖麻
有那么几年，你在《百年孤独》的叙述中
睡去，又醒来，长叹，落泪
你一定会告诉我，多年前迁徙至此
沼泽地里还没有诞生小镇
和蓝色的房子
你一定会说：见字如面
而我没有多余的耐心写出迟复为歉

"马孔多正在下雨"，这里也是
我相信在你面前，不加糖的咖啡凉了
你可能还在等待信使的到来

# 笼中对

暂且认为是天气妨碍远足

乍暖还寒，有些花朵仍在休眠

暂且认为所有病痛均无药可医

骨缝积水，住着一群离经叛道的疯子

暂且栖身于此，书卷砌筑的牢笼

一只老虎偶尔摇响颈下的铃铛

这白纸上的生活，美妙且虚幻

高山俯瞰，森林穿行，平原跑马

在一封遥远的来信中，我拒绝一切

凭空的描摹，和窥私者的好奇

但无法拒绝命运的困顿与流离

被锈迹锁着，被不安围着

我只能写下两行言不由衷的回复

春已至，一架骨骼开始接受东风的吊打

而灵魂继续在斗室中周游，勿念，勿念

# 悼词

我们都活在桦树制成的纸上
难以负担的白，正在由厚变薄

期待一种方式，钻木取火，挖土移山
燃烧之后，再掩埋

漫长的一生，无非是文字排列的过程
一个紧挨一个，缺谁都不完整

不信你试试：删掉体重、相貌、生卒年月
命运将丧失被描述的可能

删掉姓名和过分的悲伤
就变成了一架白骨，捧着另一架白骨，在读

# 四月，兼致南方朋友

我能想到的是，桉树，冷杉，香樟木，山毛榉

雨滴从叶片上滚落，白墙灰瓦

几枝海棠伸出手臂，像瓷器上的落款

我能想到的是天色空蒙

江南的流水丰盈，犹如碎玻璃

曾经荒芜的渔火，替我们省察时序

我们曾在此短暂会面

我们将赓续旧好，共同走过编年体的晚春

## 在苏州，啖松鼠桂鱼

夏日的大海上，浮动着波光
七月的孤岛托举无数陌生的脸
——园林里的石块，桥涵，假画舫
携妻带子的中年，摘掉假牙补水的老人

饥饿来自淡水。园林旁的小酒馆
丰腴的老板娘讲着绵软的吴语
微笑着向我推荐一条江里的沙粒
它们头颅模糊，满身混黄的尖刺

转过身，她坐在一块预制好的幕布前
唱苏州评弹，听不出是祈祷还是超度
她半抱琵琶，曲调古怪
让我想起家乡槐树下讲古的盲人

旁边的一桌，小情侣沉浸在打情骂俏中
零散的鱼骨令他们兴奋不已
令空调房里不到一百平方的人间
短时间内，忘记了死亡这回事

# 在钟鸣里活着

多年后，当我看到爱斯梅拉达

一个吉普赛姑娘，热烈的花裙子

旋转成圆柱形的景泰蓝珐琅瓶

当我听到巴黎圣母院

偌大的教堂里

响起来自卡西莫多之手的

有节奏的钟声

我一下就爱上了这样的场景

类似的虚构——我曾替我的小学班主任

一个面相略丑的乡村代课教师

敲响悬在木质单杠上的半截铁轨

与卡西莫多一样

我敲响的是时间的接缝

和光阴的教堂里盛大的祈祷

那时，我的小学班主任

可能正挽着

心上的女子，走向鸽子纷飞的黄昏

临走时他告诉我

有些美好极其简单

比如并蒂莲上滚落的露水

我似懂非懂，只是一再保证

他委托给我的事，我会做得认真而细致

确实如此，我们按照钟声的旨意

有秩序地上课，下课，放学

偶尔也望望天空，但会很快就低下头

离我们太远的地方，一定没有

多余的盐巴，蜂蜜和过期的解药

# 爱情

花匠收起工具，一天就这样结束了
火烧云像一个姑娘羞涩的脸

他习惯带着玫瑰回家，花丛中最艳的那朵
倒映在暮色里，就是果盘里的蜜饯

妻子在厨房忙碌，她每天都把可口的晚餐
当作晚礼服。像波斯猫一样
她喜欢夕阳的检阅，掠过暖红色的窗口

当马车的铃声传进耳朵，餐桌上的珐琅瓶
动了一下。她按了按自己的心跳
然后把平静的双手，交给一扇反复重启的门

# 草原

巨大的扇叶搅动天空的不安
风车送来夏季，也送来不规则的人群
洒在草原上的恣意和狂欢

东南风盛，花儿赶在田鼠之前出动
虚构的森林如此茂密
足够一个人躺进去，休憩和长眠

认不清来路不要紧，骏马带走的
春风已如数奉还，泥土掩盖的
还得由蚯蚓和鹰重新密谋

此时正好，微风不急不躁
远来人双手伸向天空
像拥抱着一个情人柔软的肩

# 在海洋馆

远古，上古，太古……整个下午
我和这些久远的面孔一一对视
谈论陨石，海底和迷途

暗红色的水母蜷起身躯
把一小片光亮，囚禁成太平洋的落日
鲨鱼如赤子，眼里满是慈悲的泪

摇头，摆尾，揖手相让
玻璃外面，终归不是大海
终归我也是一个无家可归的人

# 午后对着一片阳光发呆

想说，你好，来自天上的朋友
现在时机正适合。一号楼二单元八层
我所居住的房间里，癔症患者的白床单上
阳光掠过，像守着一线希望的孝子

很快就过去，懒惰与荒唐，奢侈和怪癖
此时，片刻的照临总能掀起裸睡者的深信不疑
他陷入空白，把能想到的统统想一遍
而不管另一个自己越来越小，越来越淡

说实话，我喜欢午后，喜欢一切缓慢的消逝
比如沙漏的反复，比如落日进入黑暗前
最后一次离别的抚摸

## 虫在叫

清风吹动窗帘，墨黑色的声音
入耳即化，断断续续复述夏日的宁静

已是深夜，未眠人赶着羊群回到草场
已是说爱的时刻，众僧收起的法器
入定在一盏枯黄的佛灯前

月光窸窸窣窣，翻捡遗落的行人
草径上的梵音使他误入舍利的歧途
他默念万物，默念远在身体里的皈依
托着丝丝人间温凉
放大了身后那片无限而灰白的景深

## 你说过的柳絮

它还在飘，一层细雨落地以后
你置身旋涡状的气流中
像一枝被打湿的瓷瓶里的枯花

你看着它飘，眼里的落英
已经接受墙角的围困
你腹中的诗稿，因此拒绝落在纸上

它毫无方向的飘，你试图
在傍晚的向阳处固定一个形容词的来路
但手忙脚乱。一枝枯花难以在病句中站起来

那么多，失眠的柳絮，罹患视障的柳絮
在你说过的生活中
一点点退化为初夏微弱的凉意

而你作为不动的词根，代替所有漂浮之物
一遍遍接受无用的照耀
和漫天的诋毁

48

# 在逊帝旧居

最先看到剥漆木门的阴影
向内向外，凭风，也凭性子

守门人吊着淤青的脸
在长长的说笑队伍中检索
哪一个袖中藏火
哪一个怀揣等待钤印的旧条约

还好我们穿着舶来的牛仔和 T 恤
还好纪念馆的时钟响了四下
现代的时间，催促几个恋古的俗人

出门上马路，天空飘起了雨
一直有气无力的女导游突然跑起来
任她去吧，我习惯了漫步
在雨中，安心做一个刚刚丧国的人

# 静止

风中的棉花糖被一个小女孩买走
她踮脚递钱的姿势，仍然僵持在那里

母亲就在我身边，她目不转睛
一定是把小女孩当成多年以前的我

"老了，啥都干不动了……"
广场上人来人往，她改不了喃喃自语的旧习

我懂她的徒劳，也明白为什么
要在有阳光的午后来此看一看自己的影子

季节无关紧要，风拂过人间
有不容置疑的理由

总有那么一刻是永恒的，比如小女孩的奔跑
比如母亲不经意间深深地叹息

# 一个人穿过荒野

走小径，避风声，一个人的骏马
和出口，就隐藏在这万籁俱寂中

耳朵里有新的秘密，漫无边际的敌人
和野草一样，患有信使的过劳死

远方灯盏摇晃，等待心底的淤泥
再一次淹没无所顾忌的突围

只有薄雾是完美的，时而聚拢，时而散开
任凭额前的涛声，推南墙，开新路

风在不停地吹，一边勒令我必须退却
一边催促我继续迈向新的深渊

# 爬长城

大风嚣张，慢一阵，紧一阵
没什么东西能保持平静
头发不能，呼吸不能，衣角不能
逢春的草木歪着脖子

但大风并未吹走我的腿疾
它突然陡峭一下
骨头里就传出一声老虎的吼叫

所有威胁都没起作用
我晃着身体忍着疼，我有自己的顶点
我知道大风向来心口不一
让万物在摇摆中生存
是它深深的用意

## 单片眼镜

出门后，下意识抬起头
太阳悬在天上
指挥一个喧闹的合唱团

一盏黑暗中的灯，一个同样
漆黑的人，他们是什么关系？
朝着彼此越走越深

这样的理解有失偏颇
一只单片眼镜，放大世界的同时
是否意味着隐藏了自己？

就比如，"星星一直在我们头顶
只是你看不见而已"。
我喜欢这样短暂的回答，像永恒

## 眷恋：致旧年

时间惶惑，结束不失为一种心安

过往的喧嚣不过是一阵幻听

偶尔的发呆，不过是中年提前到来

有什么可以记述的呢

捐过几笔数额不大的善款

权且算作一小级浮屠

用头顶托举过无数殒命的雨水

却缓解不了体内的空

而那些自以为坦诚的口水

多数成了决绝的标量

都过去吧，没什么值得挽留

仅有的一次眷恋来自某个傍晚

家人围坐电视机前，灯光柔和

谍战剧里的枪声毫无征兆地响起

那一刻，我多么希望被击中的是我

一个止步于中年门槛内心幼稚的孩子

第二辑

耳鸣者

# 画

"一切都是虚构的"，白色墙壁开口的瞬间
一具泛黄的骨骼从内部发生倾斜

"虚构本身就是一种美"，我用尽反唇的力量
摊开手掌，安心接纳垂危的色彩

为了不让分歧扩大，我们停止对话
但对视继续，把对彼此的揣度当作大不幸

我相信自己的判断，在胡乱涂抹的句子中
必有一个合适的词，在古旧的调色板上深陷

## 行刺

一直忙着铸剑，选上好的铜，和铁
炼，然后冷却，捶打，淬火，直至寒光乍现

一直确信自己的存在：走窄路，撞南墙
把每一次陷入，都当成找上门的冤家

我的挣扎来自于此：被日常捆住的黑衣人
在心中亮翅，点水，做一个旷世高手

金属是无辜的，它来自废墟
而非绝壁

直到骨头耗尽磷光
我仍在练习如何刺出空瘪的剑气

# 诗人的合影

左脸最终停在了暗处
借助长焦，形成不可说的虚构
我在最左边，一首诗的第一个字
大海里的沙子
当我读到某处兴起的段落
"本不存在时间，是空间
塑造了我们"
彼时，阳光正朝右侧转动
我下意识往快门深处，躲了一下

## 取悦

有没有这样的时刻——

一本书还没有打开，你已经提前

把自己放了进去

（而之后呢？你又在哪里）

你献出的每一次警觉都有取悦之嫌

而你对此并不在意

你说总会有人理解主动的本质

比如沉默的一页，想说的话最多

奔跑的一页，有人躲在墙角小声地哭

思想者的一页，混蛋的一天就此结束

但你并没说出那些刻意的忽略

一本书之外，一个平坦的人

要历经多少变迁，才能拥有一颗

陡峭的心

# 检讨书

第一，对赞美和沉沦的分裂估计不足

第二，误判了夜钓者与烂尾楼的关系

第三，私自任命漏雨的屋顶担任山水中的宫殿

第四，盲目讴歌墓园里魏碑的孤独

第五，以文字的巫术替代日常的修炼

……

我已充分认识到自己所犯的错误

下一步，我会对照问题深刻反省

但暂时还没有改正的打算

# 倒立

从山顶下来
恶狠狠地摔了一跤，头朝下的那种

陆地上的动物多达几万种
能倒立的并不多见
摔倒的我，勉强算一个

急匆匆的人群和落日赛跑
没有顾及 130 斤的我
正托着孤独的地球，要试试它的重量

夜色渐渐升起，我要举着一颗星辰
投入黑暗，我想让愚蠢
成为尘世珍贵的光

# 月亮

看不见的悬针里，蓝色或黄色的骑手
在玛瑙中穿梭，犹如过江之鲫

他们运送草药，也运送小楷或行草
密密麻麻。刀刃银白，一群人无路可退

暗处的虫鸣代替马达轰鸣
高度凝练的歌唱，正失去一个爆破音

过了今夜，浪漫主义的光芒
将无人问津，你和我将无人问津

# 耳鸣者

一万只蜜蜂，只有一只扑向空空的花心

一千架飞机，略高于头顶的轰鸣

才有可能唤起群蝶簇拥秋风

一百个大工厂，开动起来的马达

风一样急促，用其中一节

代替房租，流水线，和漂泊的泪眼

松鼠啃噬丛林，鸟雀在旧窝中梦见鹰隼

大地上遗落的麦芒，有多少是带血的刺

幸福的人群里，有多少奔波之苦

能被一个失聪者准确挑出

# 重复

太阳每天升起，仿佛总是新的

而大雾并不是恒常之物

偶尔被击溃，说明不了什么

无非是消逝——

不存在的力量

留下来的，反而更加虚无

高高在上的蓝，心慌的美

不停摇摆的草芥，已挥别往事种种

道德和法律，能称之为永恒吗？

只知道我还是我（姑且这么认为）

在对昨天无尽的重复里

总有来自风中窸窸窣窣的响声

一点点将我向日落时分

轻轻拨动

# 总有一夜，我无法入眠

想到奔波，城中村的鸡鸣

就第一时间传进耳朵，想到仇人

空空的手里就会紧攥一把带血的钢刀

想到清晨的朝阳，黄昏的落日

就会把窗子上的光亮放大成救世的禅院

我掘地三尺，寻找萤火虫的卵

登高三丈，安放一条蚯蚓细小的心

而黎明依旧恍惚，路灯轻抚落叶

整条马路，像一张哭花的孩子的脸

# 惭愧

阅读教会我甄别，假先知和伪君子
我有小鄙视和小窃喜
还好我不是他们，还好我有书外的命
昨晚，读小学的侄子从成都打来电话
和我谈简版的经典，我知道
他已经有了自己的真理和偏执
当提到《雾都孤儿》里的奥利弗
他清澈的嗓音令人难忘，而我唯唯连声
很惭愧，我离纯净和高贵越来越远了
坚守的东西也已所剩无几
我不配聆听一个孩子天真的训诲

# 生日

诞生的意义并不能准确描述
沙漏急促，中年的语言
堆积在混乱的舌下

诞生的意义由一万个柏拉图构成
思想的花纹无限分裂
没人相信我们都曾迷失
——在对永恒的提纯中
某种虚无正堵在余生的出口

# 对一首诗的重构

闪电的一部分，在老虎跳出来之前
耐心观察叶片上的雨滴，蛇信上的毒药

偌大的丛林里，小提琴手略显慌张
他试图拨响弦外的高音，但一直没有成功

他躲在一个树洞里，似乎失掉了抒情的手
抬头看雨水来自天上，毒药并非有所特指

大部分的茫然源自丛林，而非自己
一片词语的秘境，玫瑰刚刚开过
彼岸花又开了一遍

# 斑点

蝴蝶在翅膀上雕刻斑斓

微风吹拂刀痕和紫色的血

大海茫茫，掌心里摇晃的灯塔

成为呜呜的轮船内心里的黑

游荡的萤火虫东奔西撞

尾部小小的疑问，早已被月光洗得煞白

雷声焦急，成群的雨滴被自己擦去

野火连绵，田鼠的洞穴是虫蛀过的版图

天空，海洋，月光，大地

无处不在的暗斑嵌进广阔的人间

像巨鲸身上索命的藤壶

而容易被忽略的，还有公文里的错别字

姑娘久不上身的潮红

阳坡处一片有序排列的墓碑

这些微不足道的事物啊，生来沉默

却一个比一个接近我们

一个比一个让人感到慌张

## 致冬天

落叶簌簌，有一片砸到你的肩
你并未在意，冬天到了
天空不再那么蓝，而是低下来
很容易让人忘记候鸟的羽毛和呼吸
来自北亚的寒流说到就到了
人间被裹挟其中，灰尘，车流，医院
和田野上来不及收走的头颅——
过分成熟使它放弃固执的己见
意识模糊的老者，昨天绕着花坛踉跄
今天就可能有了新的去处
哦，冬天到了，叶子终将掉光
万物都有一个失而复得的结尾
不会有谁，替我说出苍老和疏忽

## 所见

像某种启示来自森林——
式微的胡桃树，传递结痂的骨头
周身通透，带有藤本的顿悟

雨水大的时候，腮边的蜜腺跟着肿胀
天气晴朗，在静止中练习收翅

它似是而非，一会儿是蝴蝶
一会儿是蜜蜂

它有万顷喧嚣
它渴望过完安静的每一天

## 忽然一阵风

因为太过用力，灯下的稿纸
拿出了最大的忍耐
我看到佩索阿顶着平庸之名
在七十多个异名之间来回穿梭
海子在大雪和情书里燃烧
仿佛每一天都是最后的抒情
幻觉并不总是可信
因为写作，我婉拒了清风的问候

# 不可说

一觉醒来，已是新的一天了

但太阳还是昨天的

肉身也是昨天的

这意味着我可以继续浪费

光明和孤独

云彩渐渐现出真身

它的轻薄里重的那些部分

随着雨水落入了人间

成为土地，儿女，和最早的神祇

多好啊

微风聚拢，继续管辖祖国

河流替代理想，支配生命的幻觉和终点

新的一天了

那么多人经由虚构抵达此生

没人知道我的体内住着一头幼兽

就在刚刚

它也睁开了惺忪的睡眼

# 失意者还坐在路边

让世界静止一会儿，只一会儿
灰尘就簌簌落下来

要轻轻地落，不要打扰这一小团苍茫

允许一只豹子继续拥有红色的心跳
透明的泡沫从眼中一点点分离

他暂时还不想站起来
允许他头颅低垂，整个身体像一件过期的礼物
羞于递向热烈的天空

# 我想哭

微光对自己的出身避而不谈
比尘土高一点，并不意味着更轻松

疑心还是暗鬼，每一个急促的人
呼吸都重过脚步

那又怎么样？活着总比死了艰难
蒙冤总比监狱漫长

好人和坏人将在同一个清晨醒来
想到这里，我就要哭了

那又怎么样？黎明的窗口像一只抽屉
暂时替我接纳一场无声的快雪

## 临深池

有时候，眼前的东西说没就没了
真的消失了吗？我不敢贸然肯定
就像一个影子，有那么一截紧贴着身体
如同狐疑找到我
时间，声音，被哑语包裹的空包弹
在头顶的上空瞄准了我
仿佛我是一座坚固又混乱的城池
有一次，我踏着破碎的灯光回家
大路尽头，黑暗已先期抵达
我义无反顾地闯了进去
夜色真浓啊，我并不习惯抬头找月亮
也不喜欢哼着小曲慢悠悠地游荡
我能说出恐惧吗？背后一阵凉风袭来
让我忍不住对着漆黑
大喝了一声

# 记号

那个刻舟的人一直在低头问路
眼里杂草丛生，倦了就试着垂钓几片碎瓷

他手握竹叶在船舷上着墨，仿佛那里
能捞出寒光，以及隐藏在淤泥里的潇潇雨歇

水波不兴，空船无遮，他只醉心于木屑纷飞
对利刃在背，毫无察觉

天空是倒悬的剑鞘，每一次徒劳的容留
都将牵出人间一片莽莽的废墟

# 黑胶唱片

过往能存活下来，黑色的声音
重现每一帧凝固的画面

偏执在里面，四十年来
有人替我唱出颤巍巍的生活

重金属持续地敲击
我厌倦的刚好都被捕捉
其中爆裂的部分，像青烟的弥散

我因此习惯了纠缠？
作为一只困兽，我早已恍惚
作为寡民，我仍拥有整片虚空

## 真理

风刮起来还真是凭空的
心情不好，神要出来透透气

在创世的空荡里，秘密是透明的
胜过写在纸上的汉语

摸摸自己的旧脸，还在
此生它已没有机会变为雕像

而我的心上，聚集着三言两语
小骨头，小共和，小把戏

还是不说了吧。天马上就黑了
真理也要回家

# 风向

一件事结束了并没有被遗忘
一个人走远了可以再回来
一句话说过了还能再说一遍

没有绝对的命中
我只相信浮尘淤积成疾的可能

那么小，那么轻
变为石头之前，它来自四面八方

# 一棵树的修辞

向上的听觉催生炸裂的果壳
而根部的力量得益于松散
至今无法被语言定义

与生长相反，每一片树叶
都身负飘零的命运，稀释的掌纹中
仍写有被秋天篡改的戒心

永远无法定义一棵树
沸腾与落寂，只是虚幻的两极
像闪电的骨骼无法掌控

重新认识修辞的无助
在没完全认清自己之前
一棵树小心回答着微不足道的一生

82

## 安慰

我开始不再相信
警示标语形同虚设，柳树的脑袋
始终被一阵微风按着
公牛失去了发情期，而女巫的例假
却准得吓人
我越来越看不懂了
忙着赚钱的报角，找狗的急切
大过寻人，一对孪生兄弟
在母亲葬礼上互相起了杀心
我常常发呆，夜里流星划过头顶
白天肉身静止成一尊泥塑
那些骨骼和呼吸从不说明来意
神不在的时候，我就这样活着

# 入耳

当迷路者不再纵马山林，篝火
在式微中成为灰烬
夜鸟眼中的薄暮渐渐落下来
如同一场大戏，拉开恢弘的序幕
我深陷在巨大的空无里
杂乱的风声拂过我
仿佛某个朝代递过来的
杀伐和马蹄声。哦
我该有我的渺小，寂静和流逝
滚动的星辰，锁孔里的海水
正在耳中一点点移动
仿佛时间深处骨折的脆响

# 敲门声

是谁这么没礼貌
我还没有在一本书中回神
我还没回到热情的顶端

如果我愿意
我可以捂上耳朵，不听
无足轻重的敲击

如果我愿意
我可以离开椅子，站起来
准备接纳隆隆的雷声

——在黄昏急促的傍晚
有人为我送来了戈多的邀请

## 沉重的表达

每天挤进人群，都感觉自己的轻
一片羽毛飞舞，落地
再随风远去

每读一本书，都产生坠海的错觉
每一个字都是浪花，水滴

我的一生都在浩瀚里挣扎
每写下一行句子
都把自己向星辰推了推

# 我为何不使用笔名

在文字里闯红灯，偷越国境
但从没想过改头换面

不懂伪装，不识谷黍和世道人心
安心蒙受市侩的捶打

偶尔走失，一块转移的病灶
可以忽略原始的供养，但不能忽略疼

多年来，我写下的全部不过是一只空碗
盛满冷空气和形而上的赞美

我有一部近代史，写着耻辱
粉身碎骨的尝试，和时间的再教育

我唐突，无用，真实，稀薄
我不打算让别人代我承受

# 右侧

确立一种习惯如此简单，将手
自然伸向采血针的那一刻
我产生了被操控的错觉

我至今也说不清
无形与有形之间存在怎样的关系
当我写下《右侧》这个题目后
停顿了一下
短短几秒的时间里
几十个叛逆者瞬间包围上来
比如胆囊，阑尾，肝脏
比如偏执，冒昧，改不了的旧习

因为说不清众多野兽的遁迹
细微的雨丝如何让苔藓一点点腐烂
我学会了半蹲，在人间的丛林
捂着右腹蜗行

# 人行道

每次穿越人行道，我都在心中
反复临摹舶来的卷舌音
但我并未意识到，四线格里
除了殖民地和平行的视觉美学
还有被秩序推动的学步者
他们在大合唱里练习变调，找声部
每一个细致的步幅，都分裂为
一次次或急或缓的试探
那里有腊月的大雪，夜晚的花园
手臂上青筋暴起的水手
驶入身体里搭设的流亡帝国
就像此刻，黄灯的暗示还未开始
我已数次涂改乐谱上的发音
——当白色琴键上下跳动
某个多余的清辅音孤孤单单
正急着走进一场短暂的风暴中

# 杀戮现场

案板上躺着一排蔬菜
我用洗不净的左手按住它们
握刀的右手，迟迟不落

我认识它们
清楚它们的地址和家庭史
我是一个心有戚戚的刽子手

递出戾气，回应淡然
递出冰冷，锋刃，向下的力
回应断裂的骨头和蒙昧的喝彩
递出有限的悔意
回应一束正午雪白的光

我愿意相信此时大军压境
短暂的寂静，然后是无边的抵抗

# 灯盏

维也纳圆舞曲包围着我
百无聊赖的咖啡店
只有女服务员的微笑和满屋灯光
未经命名。它们混在一起
有意要见证一场无故的失约
而我并不急于离开
头顶上一盏镂空的黄灯照射我太久了
我曾数次借舒展身体，把手机镜头
推向它，无限接近光本身
它细微，恍惚，掩饰不住暗斑
仿佛是一场疾病在虚弱地窥探我
并试图把一个心中有光的人
一点点拉进高处的深渊

# 存在

在山水的轮廓中，辨认命运
和中年，我确信自己依然活着

天高，地阔，石头生于草莽
那么多的我、我们，散落在牛羊的唇边

那么多真实的存在
孩子温顺，野草幸福，孤零零的枝头
挂着几颗毫无悔意的红果实

你看，树在山上，山在水中
水的静与动，都是我活着的证据

而叶子坠落，谁都不必动恻隐之心
那只是一滴雨水击打斧头
遗落的碎金属的光芒

# 中年之诗

深夜突然惊醒。心里有什么落下来
一阵空

应该不是星辰。星光熹微
它们还在天上
孤独，抱团取暖

肯定不是星辰。星辰坠落过了
水面上白茫茫一片

心里一阵紧
有限的中年，眼前的光
像一个名词躲着一个动词

像一颗子弹
躲着另一颗子弹

# 自传

鹤的孤单不止在水面
白纸的眼睛里长出一座灯塔

汹涌的词语包围过来
细若游丝的呼吸总是被忽略

像忽略大爱中的小恨
愿他们拥有琥珀色的睡眠

而内心不断被打开
一张棋盘上，星子不断走动

法外狂徒——当我靠近底线
有人喊出我的名字

一只灰鹤凝视着漏洞百出的前方
仿佛那里有一个完美的结局

# 晚归

暴雨初歇，向积水学习俯身
路灯熄灭，向蚊虫学习噤声
大地睡去，向月光学习拯救

夜深了，人间是一口深井
尺寸之地的蜷曲，有幽深的回响
可以短暂代替沉寂的蛙鸣

## 挽救

忽然想到晚年，夜风呼啸
一座烂尾楼淹没在茫茫大雾中

朵渔说：夜雾是死者送给生者的礼物
那么濒死呢？这古老的经历如同挽救

替茫然的我们平复活着的副作用
并接纳痉挛，和眼角来不及擦掉的芒硝

我患失语症已经多年，它让我失落
也让我清醒：死去不过是天又一次黑下来

# 书房

没有人坐在那里，一把中式椅子
接受微风的吹拂与问询
没有风从窗口进来
轻轻吹过一杯新沏的茶水
茶水里的石头一块一块落下来
没有茶水冷却，翻开许久的册页
其中彩色的叙述正被黑色替代
没有青简堆在黑胡桃色的桌面上
油漆未干，没有恻隐之心在此跳动
没有战乱和玫瑰眷顾枯槁的神情
讲过人心不古的仁者已兀自睡去
什么都没有，这里空空如也
没有幻象可供透视
没有灰尘挤走时间
这里从没有人见过，更没有人来过
这里并不存在

## 缺席判决

为什么习惯了倾听，语言

和沉默，还在共用同一个灵魂吗？

为什么慌张，小路上的碎步走得急迫

而太阳却执意为乌云铺就金毯？

为什么灯火不肯熄灭，一小朵跳跃的

衰弱的思想，要做好随时献出自己的准备？

为什么忠告在黑暗中低下头

诅咒在黎明挂满勋章？

希望上苍也有悲悯，鲜花为什么不开在荒年？

祝愿大地永恒，星群为什么闪烁其词？

一定有什么东西僭越了律例

在宇宙和肉身之间，必有一纸缺席的判决

替我们领受人类荒诞的命运

## 雨季

我有十万顷森林
匹配十万顷马蹄声

我有十万顷柔软的森林
匹配十万顷揭竿的马蹄声

棉花上的铁屑，我遇到的安静

先是积水，后来是湖泊
再后来，大海里藏着溺水的蛙鸣

# 对一匹马的追踪

想到金黄的沙丘，碧绿的草原
我脱口而出的描述如同讽刺

几乎整日都在奔跑，把壮硕的身体
跑成一簇微小流动的火焰

由白天跑进黑夜，从梦中跑进现实
汗涔涔的两翼生出一片羽毛的轻

而它的脆弱我看得最清楚
隐入蹄下的雷声里，藏有烛火的假象

一匹停不下来的白马
还要替我完成多少迫不得已的歧途

100

# 数字生活

每天 7：00 醒来，23：00 睡去
今天和昨天其实是同一天
区别是，我又老了一点


365 或 366，脚下的星球绕晕了自己
也没有摆脱束缚，命运的轨道上
每一张面孔都模糊不清，没有例外


太阳以每年 1.5 厘米的距离远去
海平面每年升高 3.1 毫米
这就是永恒，沙漏一样不易觉察


你认不出我，这不奇怪
我来自 8000 公里之外的非洲大陆
身上落满了 300 万年前的灰


最开始的胎记，后来是呼吸
再后来是一片空白的记忆
仅 40 年而已，我弄丢了形状和色彩

只剩下 1.65 米的身高

65 公斤的体重

这样的人太多了，你肯定认不出我

但你要理解，你要原谅

# 衰老史

一万头豹子，一万次凌厉的凝视
先于一万只利爪跌破的黄昏暗下去

一千遍默念的禅机，总有不可参破
总有裘马轻狂，成为熄灭的佛灯

一百页个人史，随风翻动的页脚
遍布偃旗息鼓的徒劳

一条安心蛰伏的流水，没想过
逆转，一片落红就是一回婉转的轮空

## 自画像

宽额，厚唇，胡须粗硬，眼神萧瑟
白发不可数，眉骨和反骨一样高

刷考勤，还房贷，按时吃止疼药
读书，写诗，喝茶，吹口琴，偶尔街头发呆

都是我
千万不要认错

拈花的人是我，舞剑的人是我
种田的人是我，盖庙的人，也是我

# 必修课

不要试图赞美余音，你并不了解
声线嘶哑的歌者，十指溃烂的钢琴家

不要揭穿阴谋，让告密的嘴唇继续紫下去
冷枪哑火，一颗子弹悬着提心吊胆的心

不要轻易怀疑秩序，孩子呱呱坠地
穿黑袄的老人趁着天暖，修改衣襟上的纽扣

让房屋寻找租客，长句子回归词语
一盏斑驳的旧灯笼再次挑起竹竿的孤独

让一首庸常的诗替我说出生活的秘诀
让没说尽的部分，成为永久失传的偏方

# 宿敌

有谁见过深夜的微风

如何拂过沾满汗渍的额头？

隐身的鸟雀没有

睡眼惺忪的灯火没有

疲惫而粗重的呼吸也没有

在对凉意的无尽赞颂中

有谁带着被败退命名的可能

一次次击打此时体内汹涌的鼓声？

# 致深夜

1

太阳白白地照耀一整天

现在，把我交给了辽远的深空

灰暗的光继续安抚我

允许我失眠，允许我

坐在隐约的星辰下

成为比它还小的一部分

比它还寂静的一部分


多好啊，就这样一直静下去

一直小下去

直到完全消失

成为时间的一部分


2

大片海水涌过来

从头顶开始，一点点濯洗我

有那么几滴，想在我的皮肤上弹琴

致爱丽丝或蓝色多瑙河

几乎是透明的音符

穿过我幻听的双耳后不知所踪

远处，一架飞机空投下轰鸣
夜太深了，只有我的耳鼓还在敲
试图叫醒一个枯坐许久
神情恍惚的人

3
像是世界末日的征兆
有那么一小会儿
光线全都毫无缘由地躲了起来
但我绝不是那个颤抖着
缩成一团的胆小鬼
我勇敢地想起了止疼片，房贷
和案头一沓未竟的诗稿
太刻骨铭心了，每一个都有可能
先于末日，提前将我摧毁

4
月亮柔和，刚从云后钻出来
这个拥有大心胸的家伙
用大开大合的命运，缝合墨色的伤口
让一个漫无目的的游荡者
总有想哭的冲动

第三辑

东北街 12 号

# 小村志

康熙十五年的稻谷
堆满现实主义的仓廪，落草的先人
自断去路，一边伐木杀鳝一边娶妻生子

一梦三百年，群山已褪去刀痕
悬河迟疑，用反复的吐纳
催促一尊泥胎老成供桌上的神祇

米粟的浪漫也正源于此
秀才惯用井水洗脸，子时入眠，寅时醒来
重回前朝的片刻，他已只身驯服时间的小兽

而灯火尚未冷却殆尽，一部私修家史
不断修正好脾气
借以托举一个家族折桂的门楣

这些石碑上的密码，已噤声许久
只容清风侧身，拓下沸腾，虚无和凛冽
拓下荣辱兴衰中，依稀可辨的背影和药术

星辰形同乐谱，代替小村低沉

每一声婴孩的啼哭

都是一个重回弦上的颤音

# 东北街 12 号

胡同悠长，供孩子的哭声传进祠堂

屋顶灰白，供童年的鸽子短暂落脚

窗棂破损，供一束月光侧身映照

炊烟断断续续，供出走时忍不住的回眸

四方桌红漆剥落，供衰微之年

在家谱上续写名姓

旧柴门犬吠已绝，供游荡的野鬼羞怯返乡

小院里四季缓慢，衰败多于葱茏

供身份证上的镌刻，供辗转，供怀念

供一个带着乡音四处奔波的人

生在这里，死在这里

# 春日

请把纸上的飞鸟放归云下

请谈论植物，粮食或罂粟

请嗜睡者醒来，打开一条河流

请在大地上留白，一滴雨水

就会遇见透明的自己

请挺过冬夜的老人长出一双复眼

在西皮流水中辨认

哪个是醉酒的贵妃

哪个是失街亭的孔明

请几只布谷鸣叫着飞向空山

请去年的几颗遗落

在东风里再次获得崭新的身份

# 当我老了

有一张简单的书桌，散发出

木质的气息，那些文字伴我多年

要给它们适当的空旷

有一扇半开的窗子接纳夜晚的星光

偶尔几声咳嗽，算是对清风的回应

茶杯常年冒着热气，它的平静

和我的失眠一样，早已无药可医

辟好的菜畦，种茄子和向日葵

低矮的依旧顺从，高大的也终将低头

柴门不闭，供有缘人进入

有时是一两个知己，白发，驼背

带着酒和诗歌与我唱和

有时是几个行色匆匆的陌生人

在此歇脚，饮茶，打问前途

并与我分享路上急促的呼吸

和眼里一闪而过的渺茫

## 天真蓝

没有风，大小都没有
没有云彩，阳光直直地洒下来
出走或返回都是适宜的

创世的人早就不见了踪影
大地明朗，古老的石头上
仍滚动着恩赐

天太蓝了，神也眩晕
因为怀疑自己不明的身份
暂时不愿多管人间的事

# 归故里

把小径在内心放大，荒草中的甲骨
重新在缤纷的落英里凌乱
书生踏进群山，与自己负笈相遇

此时万物的倒影向东，落日浑厚
一个徒手采药的少年
多年前曾在此站成松下的巨石

后来出现的惜别，是广阔的秋风
一再收紧萧瑟，贪欢的稚子
在夕光中渐渐褪尽满身浓阴

扎着绿色方格头巾的母亲迎上来
多年来她旧习未改，在日落时分背回柴草
大声喊回在外淘气的孩子

当干枯的树枝再一次把慌张覆盖
来自祖祠的秋蝉，不得不用呜咽之声
迎接遥远大海上游荡的星辰

如此悲壮，下山人忘记了腺体肿胀
他在一片模糊的废墟里矮下去
像是对血色黄昏的一次深深致敬

# 和七岁的侄子下象棋

松下童子，尚不识权谋
和远山的秘密。他以为技法纯熟
无非是车轮，马蹄，和以命相搏的刀刃

有人教他排兵布阵，传授困境中
脱身的秘诀。却无人告诉他
战阵外的迷局和赦令

"将——"，他分开众人，一次次
挑起杀戮，仿佛在解决一桩仇恨
仿佛我是埋伏在河岸边的敌人

## 朝栋先生

时至今日，我还会时常想起你

古典的唇边冒出花白的髭须

等待我用肥皂水将它们打湿，然后剃掉

你也终于学会了顺从，像只羔羊

配合不锈钢的刀刃在词语的边缘游走

关于晚年的时光，我最先想起几册

卷边的旧书，你不断指给我

唐朝的春天，"天街小雨润如酥"

尘土里也有恒常，"天地不仁以万物为刍狗"

偶尔，你用被纸烟熏黄的食指

一再轻敲自己左腕衰微的脉象

并用默诵的歌诀为自己开出方剂

你说，"水银莫与砒霜见，狼毒最怕密陀僧"

但你刻意忽略一生中的畏和反

生铁一样的皮肤，接纳太阳的切割

脑血栓后遗症的迟缓，容忍时间的速朽

现实主义的臭脾气，消隐于饥馑之年

很难说清哪一个才是真实的你

哪一个，又是我想重塑的你

我只是希望，没有安眠药你照样睡得踏实

夜里的翻身不那么沉重

假如有来世，希望你比今生自在

最好远离稼穑之苦，去短褂，着长衫

少年耕读为伴，青年入仕，为民请命

及至老也，"自顾无长策，空知返旧林"

希望你的老花镜仍滑落至鼻翼处

某个漫长的下午，用顿挫有致的语调

小声读我在远方写给你的回信

并欣慰接受简捷的冒犯，除了祖父

我对你另一个身份的唤醒

"朝栋先生：顷接大示，如见故人……"

## 另一种爱

两列火车相向而行
其中一列略长一些，腰身硬朗

而另一列，稍微重一些
柔软的坚定，眉间布满融化的雪水

木屑啊，铁屑啊，煤屑啊
纷纷散落下来。没人看得清楚

能看见的是影子，穿过桥涵、隧道
如柴的天空，体内的积水

太阳掉下去了，马达依旧喘息
未知的光升上来。不知疲惫的列车

相向而行，从未彼此拥抱
像我的父亲母亲，一生都在向对方奔跑

# 河滩上

上帝忽略的乌托邦
青草和石头都是幸福的

牛羊没来过，俯冲的风
替代鹰眼翻找细小的昨日

隐身的两岩，后退的长舌
都已成为流逝的一部分

当上游瀑布重新淌下
仍无法看清河滩的寓言

活着小于存在吗？我渴望
得到那不可能的永恒

## 茫然书

半生中，让我感到忧伤的事物
只有三件：
公民的良知，诗人的命运
和宇宙的衰老
这些太近或太远的东西，常常
被我们忽略，就像忽略
拾荒者主动交还钱包的脏手
接纳海子高傲灵魂的铁轨
第一次看见
没来得及染发的父亲，头顶上
惊心动魄的白

# 风中的稻草人

风真大，帽子没了，胳膊断了
干瘦的身体绷着劲
赞美和叹息是多余的

几只麻雀照样飞来飞去
偶尔在肩头点一下又返回空中
没办法，世界在晃动
脚下也是

风真大，把天敌的仇恨都吹跑了
头顶越来越蓝
一个倔强的人因为看见自己的倾斜
发出了低低的吼声

# 金玉凤

从没听人喊过，躲在肉身后面久了
姓名便有了另一种命运

模糊，遗忘，快过时间的部分
在另一处重新生长

那里安静，无碑，低于尘土的人
想必早已安心

原谅我的不敬吧，亲爱的祖母
带着你美好的姓名，请到前面来

听我一字一顿地念，音节里的美德
看我一笔一划地写，就像写下
天空和祖国

## 秋日绘

大雪在赶来的路上，小镇兀立
街两侧的旧建筑物掏出自身的灰白
像野火推着旷野的潦草

捕虾人竖起衣领，娴熟的筛网
来自童年的滩涂。今晚他要在酒杯里
出走一段美梦的时间

天空无知的蓝，配得上一架飞机掠过
上帝的果园色彩浓稠
一座山峰在陡峭中谨慎地拔高自己

落叶的头颅几番滚动，生命的一极
是老派出所脱落的蓝色墙皮
所谓的警示，不过是某块金属的反光

而另一极的还原，是霓虹，或闪电
几个老人在棋盘上的较量
让一些事物变慢，并催促新生的浮现

暮色把小镇浓缩，空中两只闪烁的眼睛

可能是变电塔的灯光，也可能是

一只高飞的山鹰，驮走一尊隐身的神

# 春耕

拖拉机灌满柴油，就变身为水井的敌人
旱情严重，一颗种子必须借助足够的暴力
才能安享土壤里的王国

谷雨前后，种瓜点豆——
祖传的农谚是焦急的鼓点，催促农人
交出命定的奔跑和喘息

昨夜有人来访，身披占星术的落魄
所谓的深谙，不过是西北方借路的云团
直到一杯新续的茶水冷却，天空晴朗

祖父愁容不展，不再相信日出前的脸
他必须要打虎上山，在高处的梯田里
雕琢一个人越来越深的掌纹

这最小的山河，高粱，玉米，谷子
各据一方，余下的就种芝麻——
它是山腰上豢虎入笼的一剂良药

第三辑 东北街 12 号

如果还不稳妥，就再匀出一小块伤疤
他想过了，随时准备把自己补种在这里
接替半个春天，开出人世的大无常

## 村居图

流水和桥梁互不干涉。南山的碧绿
与鸟鸣互不干涉，阳光与薄雾互不干涉
一大早，哑巴光脚跑过来
向我比画他昨夜愉悦的秘密
仿佛鞋子和他，互不干涉

# 怀人

出一次远门，过长街，穿烟雨
赴一场凉下去的宴席。去年
在犁辕山下，朋友的小院借云下雨
九月桑麻遍地，棵棵都有话说

说古铜色的夕阳在酒杯中晃动
说原野广阔，风吹着无限的悲喜
而我们依然渺小如麻，依然有爱
依然在尘世品尝桃源之苦

还说木篱笆约等于泥墙的旧
小雨沾衣约等于普施甘露，微醺薄醉
约等于万物安好，而蓄谋已久的相见
恰好约等于某一次的不期而遇

说着说着，天就慢慢黑下来
我们仍无意抽身，彼此拍拍肩膀
并会意地又端起一杯酒
接着说炉火，说暮色中嵌进的星光

## 两省之间

作为命运的一种，遗忘还在发生
石头风化为沙粒
盘山路上走着回乡探亲的人

作为道场的一种，月光迟缓
只收留黑眼睛的信徒
一群蝙蝠倒挂，像岩穴里的莲花

两省之间，山脉打开身体的缺口
一张摇摆的旧蛛网闪着光
要把头上的天空一下子劈开

## 小叙事

我们在树荫下平静过日子,像真的一样
封疆土,种葵花,并虚构出儿女情长

不必留意流星在我们头顶快速划过
省亲的姑姑昨夜间哭红了肿胀的眼睛

在公社梯田里忙碌的人穿着去年的单衣
外面套着春天的宽袍大袖

不必留意斑驳的土墙边走过年迈的哑巴老叔
他又挺过一个冬天,像一头受伤的野兽

没人告诉我们,北温带是哪里,燕山有多高
我们只顾玩过家家,不停地封疆土,种葵花

不停适应自然的规则,打架,长胡须,梦遗
并学着把石块砸向我们认为的仇人

"我听见我们扔出的石头

跌落，玻璃般透明地穿过岁月。"① 像真的一样

越飞越远，直至没有人听见它
直至把我和树下的浓阴，一起拖进时间的深渊

---

① 引自瑞典诗人托马斯·特朗斯特罗姆诗句。

# 祖母

总是默默无声，年轮里牙齿脱落
山岗上针叶松低矮，没人关注八十三年来
骨头深处细微的裂纹

时运尽力粉刷自己，万物有峥嵘
却也同样身陷于平庸
一个人用深居简出，复述命相的不可修饰

有时白云落进心间，六个懂事的儿女
有时青灯寡淡，秋后干瘪的谈话
常常被当作隔墙有耳的罪证

倒叙，应该是典藏的最好方式
深褐色的棉袄，眼中的蜜汁，幼时土匪的恐吓
都饱蘸大病初愈的起笔和苦衷

而落笔处烟云几缕，白雪覆盖落叶
书页静静合拢，一个清秀的小脚女子
重新待字闺中

# 有所寄

天空渴望生出歌剧的嗓子
一只高音喇叭充当喉间的刺

迷醉如此广阔的词语盛宴
怎么理解铺天盖地，我只能猜想

洞穴里蝙蝠的粪便，半途而废的睡眠
滚烫的句子代替洪流封堵结冰的河岸

至于胶轮马车，风化的标语
像一册毛边的古籍中夜奔的豪雄
都成为痕迹了

眉梢上的翠鸟
析出盐粒和黄铜
只一夜的时间

我们的唇上被两条微小的蚕占据
透明的身子，正一层层蜕掉无数个空年

# 正午时光

一条竖起来的土路，任凭阳光攀爬

穷孩子裸着上身光脚满街疯跑

他从不午睡

不知道梦遗为何物

只把两只避孕套吹成透明的冬瓜

牢牢捏在手里

这免费的东西来自计生站的木抽屉

在白头发站长杂乱的鼾声里

快乐如此容易

妇女们羞涩地捂着嘴笑，很显然

她们指鹿为马的小声议论

会令街头不安

她们是声东击西的高手

仿佛一整条街

除了她们菌落一样地聚集

其他地方都被悬崖和洪水占据

但事实上，孩子们并没有走远

他们背着琥珀色的童年，吵闹，让阳光

把正午一层层分解

往毛驴尖长的耳朵里塞干草

在墓地里捉迷藏

朝旋涡状的蚂蚁窝撒尿

越过半截土墙偷摘没长成的小葫芦

这些无忧无虑的孩子啊，如此倔强

他们宁愿一点点长大

也不肯从无数个阳光充足的正午里

一下子退出

# 鲸落

入秋了，大雨不再说来就来
余下的光阴里，蝉蜕可以反复确认自己
存在或虚无，都是留给晴空的遗作

看不见的地方，一张偌大的网被打开
一些肯定的光会慢慢撒下来
我说的是肯定，但不是现在

现在我想到的是祖母，去世九年
我想到贫苦年代的榆树叶，柳树芽
粗瓷大碗里的僧袍和刀子

哦，我尚欠田野和走远的亲人一次回眸
秋天就彻底摊开了身体
像蔚蓝的大海撤回了汹涌的涛声

## 式微帖

外省的小水电站一直处在病中
我的直觉是，有些光的流逝可能与此有关
此时，缤纷的落英虚掷自身的美
像姑姑的晚年
她曾过度担忧粮食和宅基地
蛇一样的身子长出了藤本植物的乖戾
那个汁水饱满的少女
那个骑在自行车上发出爽朗笑声的妻子
那个幸福的两个孩子的母亲
不再从菜心里挑出青虫，而是习惯
在晚风中走过被挖空的金矿，改制的军工厂
污水横流，人声嘈杂的老集市
这些年的落日一次次送来安身的箴言
流水顺从低洼，青龙河向南再转过六道急弯
就是河北省了——
那里父母俱在，那里根脉葱茏
那里旧伤可以愈合，老人可以像孩子一样
放肆地哭

## 冲积平原

我们以过来人的口吻说出往事

从未意识到，一条河流

以这样的方式白白流淌了许多年

像虚无的一部分

而我们木然的站立显得多余

多年前的某个夏日，同样的位置

细雨并不急于否定

关于植物学的一切，包括生长

枯萎，和四面八方的命运

那时我们还小，无法体会消耗与回忆

将成为一种占领

河水继续忽视我们，它带来的肥沃

仍残留一小点崎岖，我们还是我们

像过去一样，踩着淤积的旧址

目露苍茫，那些内心的平坦

一直"在我的身体里下雨"①

---

① 引自王家新诗句。

# 短梦记

两只鸽子站在褪色的瓦片上交谈
微风吹过，灰白相间的羽毛
立起记忆中一个个庸常的情节

那时母亲还年轻，有力气为我刷洗
沾满泥点的白球鞋，有力气为生活探佚
有力气在光阴里慢慢变老

那时父亲教书，闲时种田
侍弄二分菜园，伐房后的白杨树
以替换栖身的老屋几根虫蛀的橡檩

那时弟弟淘气，越过矮墙头
捕蜻蜓，捉迷藏，天蓝色的校服
是小院里一朵燃烧的蓝火焰

那时我痴迷读书，练字，偶尔骑单车
在土路上飞驰，爬上高山俯视
被河流勒紧脖子的村庄和亲人

都是些细碎的事。后来鸽子飞走了
空出的屋脊回旋着疑问的气流
我揉揉眼睛，继续看，像是回答

# 小镇黄昏

把钨丝灯当作低纬度的去处
对原住民来说，星辰移动
过于遥远，就会成为失效的地址

那时我们愚钝，奔跑在回家的路上
身后裂开一条隐没的野径
黄昏让我们的额前长出一片红磷

那时我们淘气，用发苦的舌头
品尝火堆里的麻雀，并允许蜻蜓盘旋
在梦里不知所踪

然后我们消失在夜色里。等清晨来临
一滴露水在鸟鸣中返回枝头
替我们擦亮东方的一角晴空

## 写给姐姐的信

姐姐：见字如面
犁辕山雨过天晴，你少女的妆奁
仍摆在临窗的柜子上，继续被阳光摩挲
调皮的男孩子写给你的情书，还在抽屉里
连同你十九岁的青春，继续泛黄
继续等待羞涩的主人归来

姐姐，淋过雨后
你放羊的野地松软
蓬蓬草长出虚张的声势
你怕过的地鼠、蚯蚓和苍耳球
安静而萧瑟，像失去亲人的孩子

姐姐，这么多年了
有人替你穿着红袄
走过黑乎乎的堂屋
闪电的回声一次次划破树顶

姐姐，你咬着辫子
用凉水洗粗布枕巾

你洗得漫不经心
仿佛来日苦多

姐姐，石头继续风化
老人安息，婴儿降生，和你在时
一模一样

# 夜空

抬起头，我可以看见高飞的倦鸟，和
瞬间划过的流星，可以在仓廪之下
忘却去年冬日里，山村头顶坠落的
果实和眼睛。我要在寒风跌破自己之前
看着它与陨石一起，渐入消亡之境

我可以按住自己的不安，并强迫身体
放慢进入战栗的速度，它和我一样
紧提着小心翼翼的胆子，窥视
一个夜晚的庞大。我也可以任意修改
一个苦吟者的墓志铭，它忧郁
且过分夸张了无法填饱的内心

我还可以，向着夜空中的众星宿
祈求更为广阔的恩赐。它们都曾在
无数轮回和过往中驻留。为此
我不停回首。那些渺茫无垠的牵绊
正一点点加入细枝末节，现在
我要狠下心，全部说出他们的名字

# 和弟弟的旧合影

在一张老照片中追忆过往，我们
满脸稚气，如同无知的蚕蛹
置身浩渺的桑林

谁曾捏造饿狼般的黑夜传说
些许恐惧中，你我并排而坐
眼里扎着整个冬天的寒冷

无意翻动童年，昔日的
很多魔咒，被强行塞入我们的梦中
想到你抱着一个孤独的夜晚
熟睡，然后又在一个
雾气弥漫的早晨醒来，我们
一起隐藏语言和光彩，彼此
对视，彼此安慰

一张模糊的旧合影，在午后的
阳光中清晰展现，我像孩子一样
好奇地张望过去，完全不顾
脆弱的心，被回溯的时光击溃

# 远山

习惯说层峦叠嶂，而我能看清的
只有六座山峰
再远，是一团白雾——
蟒蛇慵懒，花豹灵巧
白头发的砍柴人一直俯着身

我能看清雨水，这高傲的注脚
落地的，很快无影无踪
未落地的，继续在尘世上飞

我来自杞国，我的忧愁不足三尺
略低于目光尽头，那颗隐身的星辰

# 夏日俳句

蝉声涌过来
像潮水漫延。回响
隐在叶片下

安静，被放大
随叶脉伸向虚无
但没人细听

乔木茂盛。光
无法到达的地方
我用笔写下

# 一九八三年

生活从落日中归来，唯有这个时候
犁辕山可以做一回自己的儿女
看一只燕子疾行，把星光送进巢穴

低压电穿过头顶，像壁虎丢下的尾巴
年轻的母亲抱着刚出满月的我
焦急地为泥墙上十五瓦的灯泡命名

她不知道，一里以外的责任田里
父亲早已喉咙干裂，一半因为土地
一半因为我留在药方上的哭声

而无路可退就发生在此时，比如叹息
要伴随道不尽的年景，比如花岗岩
可能替代粗麻布成为一截拉紧的绳索

四分五裂的光是夜晚的闸门
每一次亮起，都是末路上的讯问
我因此错认了所有黑暗中的事物

三十多年了，我还是不能原谅自己
把人世熙攘定义成没有一个多余的人
把每一次日落，都当作命运的代称

# 光阴

是一座深宅守着自己，没有人时
洗脸梳妆，浆洗青袍小袄
有人时灯笼高悬，等待晨风把它吹灭

十万群山里，十万故人日夜奔走
住在身体里的那一座
把倒影投向白云，在水中弥合聚散

抬起头，日头是新的，也是旧的
只有灯笼里的老人面如止水
反复修改一封知名不具的绝笔信

# 深巷中

铁门环是狮子的一部分
锈迹是铁门环的一部分
民情最深处，皆是环环相扣的法则

相比于广厦，砖瓦的变旧
更具怅然的意味，一场雪覆盖一场雨
给犬吠以变脸的口实
隐身术多么安静，鸟雀无踪
寡居者简出，像一株卑微的稗子

一排钻天杨向更高处探了探
阳光不忍加深诀别，略宽于六尺的光阴
以赤子般的陷落
扶起黄昏里一束束柔软的炊烟

# 下游

流水衰微之处，民情平淡
一条河存活的方式并不唯一
卵石圆润，无法被再一次削平

有人出生于黎明，也有人趁着黑夜
埋葬自己。一条鱼的命运史
只与某些光有关
读书郎收起卷本中的唐宋
一个老人起身，挂着自己的膝盖回家

弄堂里纵虎为患，一群愣头青
把滚动的铁环换成了露骨的情歌
路过的骑行人鞍马不歇，偶尔问一句
此去何方
水面宽阔，一片褐色的芦苇
等待重新脱胎于淤泥

# 午夜寄北

一场东风就是一个美好的动词
天狼星闪烁，石头上端坐的孩子
眼里有一匹快马在奔跑

过高山，涉流水，穿平原
苍穹下的秩序如此安静
枯黄的土地上到处都是久违的面孔

守寡多年的婶子发髻油亮
她嗓音高亢，多少年来
她执着地把纲常落在祠堂和尘土里
像她一样，游子因袭山峦和旧制
归鸿日夜奔袭，寻找停下来的可能

都是耽于内心的事物。旧信笺上
无人知晓灯下事，一个走失的孩子
面朝北方，已在内心无数次跪下来

# 栅栏

刺槐枝，圪针秧，杨树叉，这些去年
或是前年的生命，不再开花结果
裸身站出星光的神秘和宗教的威仪

集体出动的蝼蚁背负茫然四顾的企图
像我一样，它们胸怀旧事
用足够的歉意收纳这里的四季和黄昏

小院空寂，润滑油的气味曾包裹一张
蓝色的确良门帘，父亲左手反持塑料梳子
右手熟练地在我头顶练习收割

那些年，他祖传的手艺已不仅仅
局限于放倒水稻和小麦，他变本加厉地倔强
从不与任何对抗的事物达成片刻和解

包括骨头的坚硬，这仅比栅栏稍细的植物
皮肤已经松弛，而我也终会重复父亲的脸孔
像小院阑珊，我仍会毫无收获地活着

158

如果你由此经过，一定记得停下
向里踮脚张望：锈色的春风可曾绿了苔痕
可曾在阶前又一次把回忆掀翻

# 小学校

某个下午，父亲用斧头劈掉落日
群山就跟着回家，牛羊饮于井水旁
浑圆的乳名里总拖着瘦长的红腮

小巷未成年，院落里的粗瓷碗裂痕均匀
像村西头年久失修的小学校
那里砖瓦废弃，堆满唐突的跫音

多少年了，虫鸣已取代书声
旧课本里廊檐陡峭，木质的碎屑
飘进每一个无法折返的穷途

我一直确信我还坐在靠墙的位置上
作为众生的一份子，我有权活在这里
直到把自己刻进开合的族谱中

这里秩序仍在。归乡人包裹空瘪
他凌风站立的样子，最像父亲
也像无数个黄土的子孙

风把村庄一次次抚摸，他多希望
旧地址上时刻诞生新事物
岁月不居，也要把自己修葺一新

# 等一场雪落下

犁辕山把姿态放到最低
人间的情事，仍有恍若隔世的迟疑

土地上河流冰冷，花纹四射
如同刻在宗谱上粗糙的姓氏

此刻，万物是个抽象的动词
神的秘密，皆出自逐渐走远的香灰

或黄发，或垂髫，远方的缭绕
早已变为偷梁换柱的迷津

而我们依旧守在山下，数皑皑白骨
甘愿做一片雪花的捉刀人

# 黄昏

风中有烟的味道，晚炊开始
旋转的落叶提醒光阴琐碎
卸妆的伶人等待被弦声认领

犁辕山自带光环，借助一只倦鸟
唤回自己的旧梦。虫鸣浮出
田园将被重新赋予新的色彩

老木匠蹲在河边洗手，堆积的木料
将变成自己的新家。河流上游
一个洗炭者刚刚恢复了自由之身

偶有生人打探前途，均被指向
众生缺席的果园，那里浆果烂在枝头
向飞过的鸟雀索要柔软的伤

小学校从远方归来，一座孤岛
只容留修补和拾柴人的发呆
一群野孩子就此变为乖顺的牛羊

古老的落日吞噬恩怨

一排钻天杨像上帝宽厚的手掌

否定我们的存在，也宽恕我们的无知

# 田间事

月光灰白，整片稻田都在昏睡
旁边，深褐色的灌溉水沟脊背带伤
它的秩序出自古人的家训
向东，依次喂养门前种柳的人

关心五谷，仓廪，未知的年景
默念风调，雨顺，万事皆丰
可雨水总是欠缺，七月的夜空下
蛙鸣空癀，等待启明星的照临

风是孤独的，云层，树顶，最后
才是墨绿色的人间。父亲是孤独的
水已从上游出发，在看不见的时间里
只能沉默，作一只田里失声的青蛙

第三辑 东北街12号

## 怀念

怀念一条土路
怀念一条落满煤尘的土路
怀念一条经过兽医站和卫生院的土路
母马在春天受孕，牙疼的男人
捂着半边脸蹲在窗户下哭


怀念一条土路
路尽头的中学课堂，飘出蹩脚的英语朗诵
怀念放学总比上学用时更短
怀念每一次熟悉的穿梭，胜过熟悉我自己


怀念一条土路
飞扬的尘土之外，人间一片苍茫

## 青龙河

没见过源头，只知道奔跑
和一路宽容的纳入曾让她保持年轻

也没有见过结尾，究竟是汇江入海
还是重回源头，谜底就藏在鱼腹之中

而此处，一条河流已无回头的可能
鹅卵石发亮，闪着绸缎一样的光

水蛇吐掉绿色的心脏，淘气的孩子
在落寂的岁月和堤岸上成长

胆小的母亲一度喉咙带血
喊河水的湍急，喊丢失脚印的孩子回家

再一次见她，我已离家好多年
我用大腹便便，对比她瘦瘦的腰身

青龙河老了，我是她不灭的胎记
那条胸怀秘密的鱼，已说不出半点倾诉的话

# 阴影

此时的犁辕山，安静如初
倦鸟归巢，只剩巨大的阴影孤立
像一个受伤的老人

几次见到羊群散落，穿云而过的光
补缀背面的斑点。一阵风吹来
失语的嘴唇有轻微的颤动

几次见过光阴漫长，时间一点点吞没
而一张黑色的网，虚无，庞大
总在空无一人时占山为王

# 父亲退休了

现在，你可以退回生活了
安稳地做自己。只属于老伴和孙子
属于讲台之外的朝阳和落日

如果有可能，你一定要继续退
从白发退到青丝，从皱纹退到俊朗
从老骥伏枥退到意气风发
这还不够，如果再有可能，我希望
你和我还能再各退一步，你退到
初为人父的喜悦，而我退到你的怀中
退到你宽阔的臂弯里
你带给我的
整片天空

# 归宿

祖宗都在上面，似曾相识
忘记在哪里见过

曾祖父在那儿，祖父在那儿
接下来的空地，也各有所属

春风每来一次，我就见他们一回
看黄土葱茏，重复青草的宿命

我也深藏其中。某一块石头下面
一定躺着一张蚂蚁惊恐的脸

庞大的人间如此虚空
到处都有无所适从的安放

## 塘边

更像是一处暗疾，浮萍遮不住的地方
波光最贴切的用途，莫过于抚慰

当作废墟也可以，落日凝固
没人注意沼泽已捧出了命定的神谕

而芦苇不甘就此衰败
它要替一副褪色的油画，守住摇曳，和站立

**图书在版编目（CIP）数据**

避雨记 / 裴福刚著 . -- 石家庄 : 河北教育出版社，
2024.9. --（燕赵秀林丛书：文学）. -- ISBN 978-7-5545
-8860-4

Ⅰ . I227

中国国家版本馆 CIP 数据核字第 2024NC1217 号

燕赵秀林丛书·文学

## 避雨记
BI YU JI

| | |
|---|---|
| 作　　者 | 裴福刚 |
| 出 版 人 | 董素山　汪雅瑛 |
| 责任编辑 | 孙雪松 |
| 装帧设计 | 李关栋 |
| 出版发行 | 河北出版传媒集团 |

河北教育出版社 http://www.hbep.com

（石家庄市联盟路 705 号，050061）

| | |
|---|---|
| 印　　制 | 石家庄名伦印刷有限公司 |
| 开　　本 | 787 mm × 1092 mm　　1/16 |
| 印　　张 | 11.5 |
| 字　　数 | 124 千字 |
| 版　　次 | 2024 年 9 月第 1 版 |
| 印　　次 | 2024 年 9 月第 1 次印刷 |
| 书　　号 | ISBN 978-7-5545-8860-4 |
| 定　　价 | 58.00 元 |